RIPPER
VOL. 03

TRACK LIST

014. ANGEL OF DEATH PART ONE
(BLACK SPHINX)

015. ANGEL OF DEATH PART ONE
(EVOLUTION)

016. ANGEL OF DEATH PART ONE
(MY FRIEND OF MISERY)

017. BORN TO DIE

018. LET'S DANCE

019. THE SUMMONING I
THE SUMMONING II
THE SUMMONING III

BONUS TRACK

Story of RIPPER :

Um seine neuen Ripperfreunde zu beschützen, greift Junk Borthos an. Doch der große Chef der Erle ist stärker und am Ende ist es Billie, die Borthos davon abhält, Junk zu erledigen, den er für einen Wendigo hält. Der Nachwuchs überredet Borthos, Junk mit ins Wäldchen zu nehmen, um ihn dem Patriarchen zu präsentieren. Am Ende einer aufreibenden Audienz wird Junk ins Wäldchen aufgenommen. Allerdings nur unter der Bedingung, dass er seine Existenz geheim hält. Lance, Nessa, der Pi und Junk sehen sich bald mit einer neuen Mission außerhalb des Wäldchens konfrontiert. Dabei geraten sie in ein Wendigoreservat und werden von einem Wesen angegriffen, das aussieht wie ihr ehemaliger Ripperfreund Uriel ...

CHOOSE YOUR CHARACTER

„Formt Gruppen aus drei bis fünf Leuten und greift uns an."

„Oder versucht es alleine, wenn ihr waghalsig seid."

„Ihr könnt anfangen mit ..."

„Das Ritual rückt immer näher. Wir lassen euch jetzt nicht mehr so leicht gewinnen!"

„Die Barriere-Totems sind aktiviert."

„Ihr könnt also euer Echo zum Explodieren bringen, ohne euch zurückzuhalten!"

It's Ripper Time!

„Enki und ich haben die Vorbereitungen für die Mission abgeschlossen, wir warten im Pausenraum auf euch."

„Red Stag am Apparat!"

It's Ripper Time!

It's Rip...

KL-IK

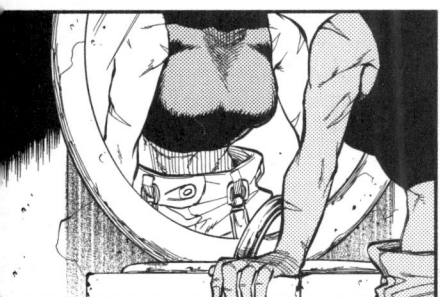

Ich hoffe, sie werden es akzeptieren...

Unglaublich, wie viele Leute sich versammeln, wenn cer Eichenstamm zu einer Mission aufbricht!

Cobalt Capricorn, Enki!

Green Beetle, Goliath!

Red Stag, Arya!

Eichenstamm...

Der Pi hörte auf zu sprechen.

Ihre Körper wurden ins Wäldchen überführt, entsprechend dem zweiten Gesetz.

In dieser Mission fielen Enki und Goliath.

RIPPER vol.03

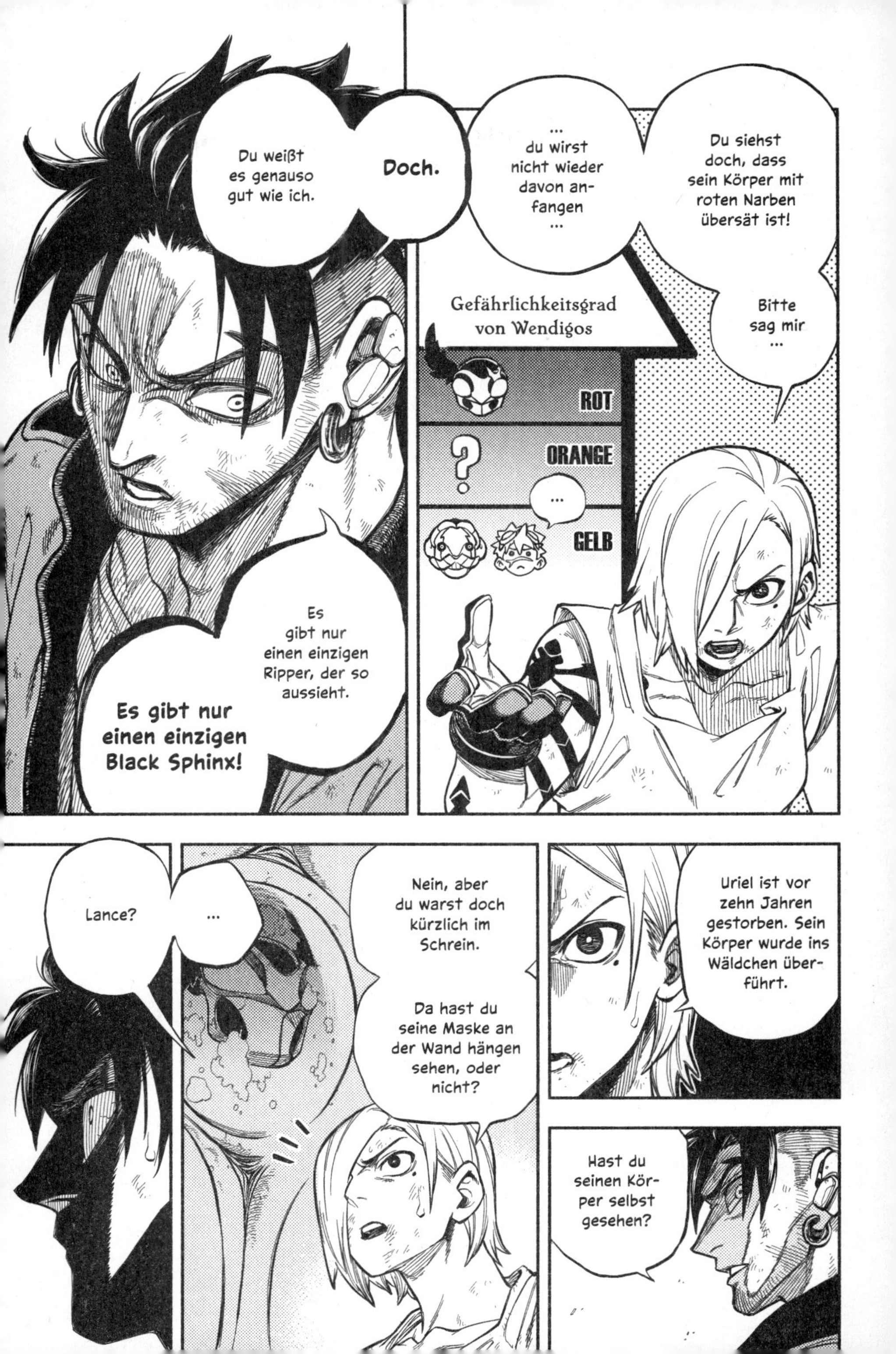

Uriel ... ist tot ...

Seine Maske ...

Ich bin so verwirrt ... Wer ist das?!

HUST

Lance scheint nicht mehr er selbst zu sein ...

HUST

Wer war in der Lage, dieses Signal über das Myzelium zu senden?

Lebt Arya noch?

?!

Warte mal ...

Ich kann's nicht glauben, Lances Rüstung ...!

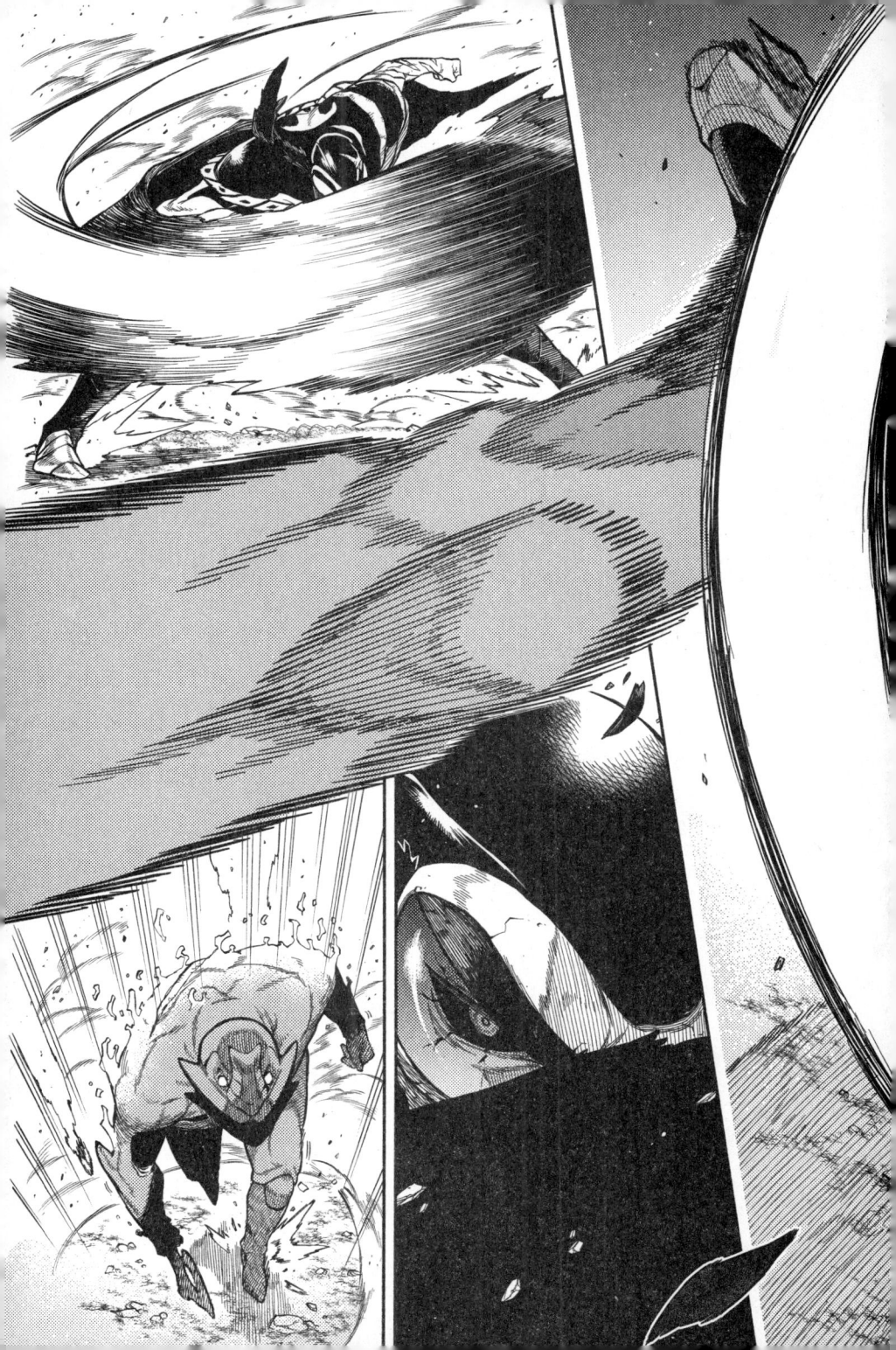

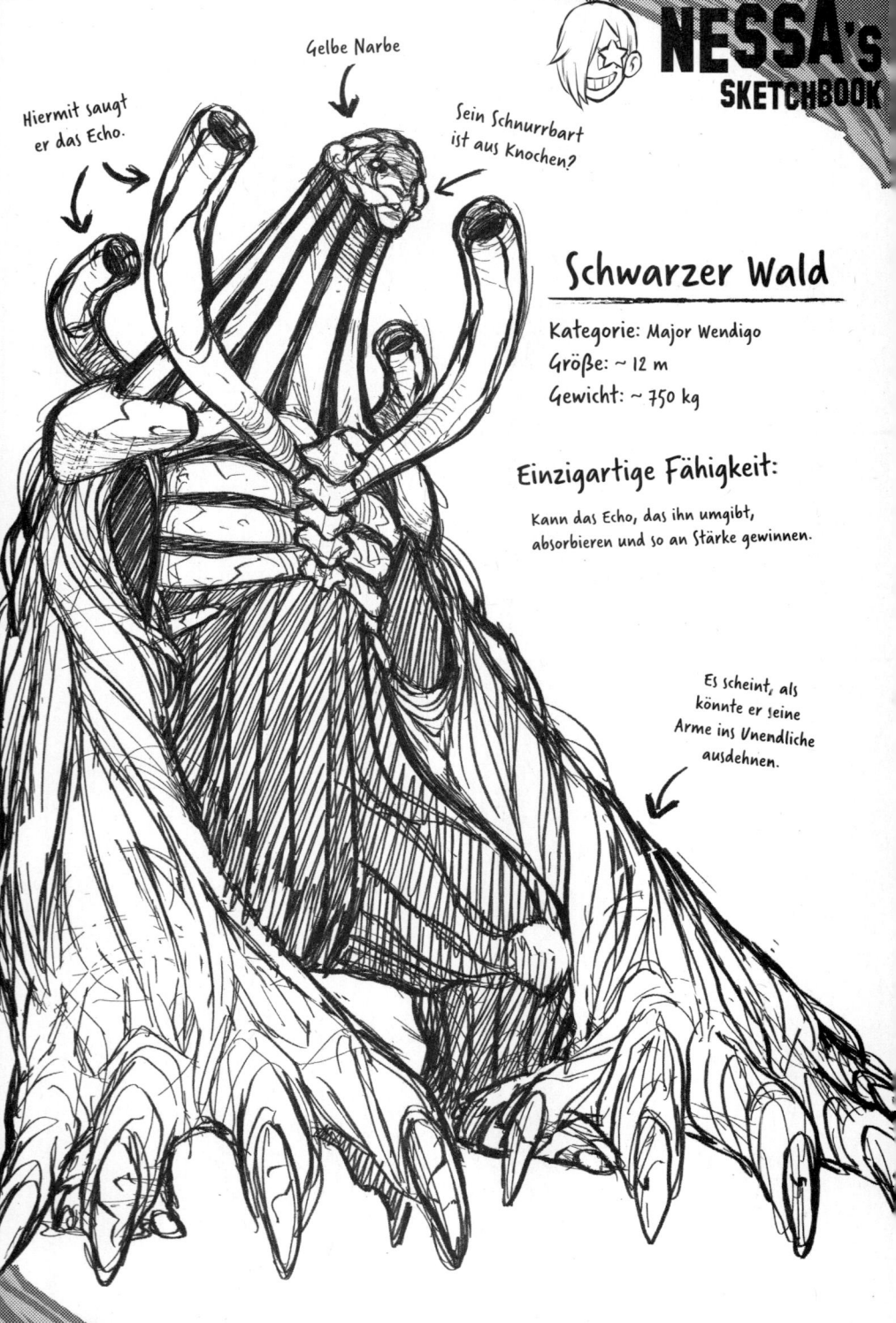

Lance?!

Lance!

016. MY FRIEND OF MISERY

Ich bin nicht wütend ...

Warum sagst du das?!

Das Wichtigste ist, dass du nicht wütend wirst, Junk.

Das könnte die Fusion beeinflussen!

Lance, antworte mir!

?!

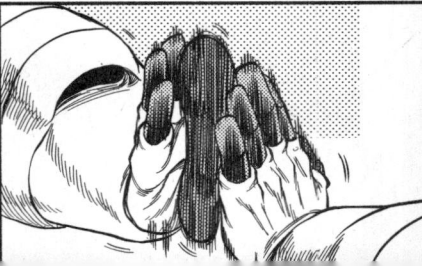

Nessa, guck!

Im Wäldchen werden sie es verstehen, wenn wir ohne ihn zurückkehren.

... dieses Mal treffe ich die Entscheidungen.

Bitte, Lance, sei vernünftig. Und sowieso ...

?!

Junk dominiert den Kampf!

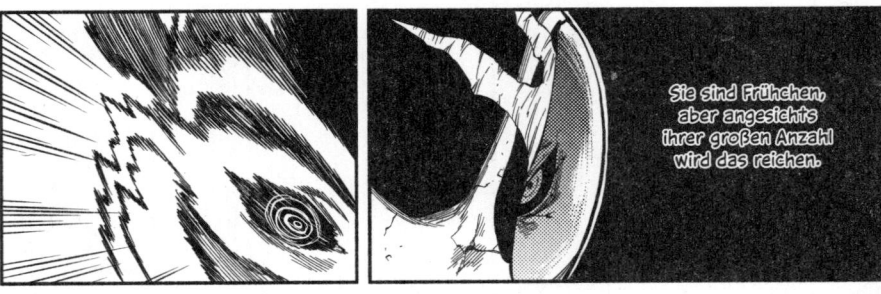

Sie sind Frühchen, aber angesichts ihrer großen Anzahl wird das reichen.

Löscht die Ripper aus.

Ihr habt nur ein einziges Ziel.

Hm?! Wir bewegen uns nicht mehr?

Die anderen werden das nicht überleben!

Ich muss hier raus!

Woher kommen diese ganzen Wendigos?!

»Mein Freund«?!

Schade, mein Freund.

Ein Baum!

Hast du das verstanden, Lance?

Dieses Mal müssen wir zusammenbleiben!

Du kannst auf mich zählen.

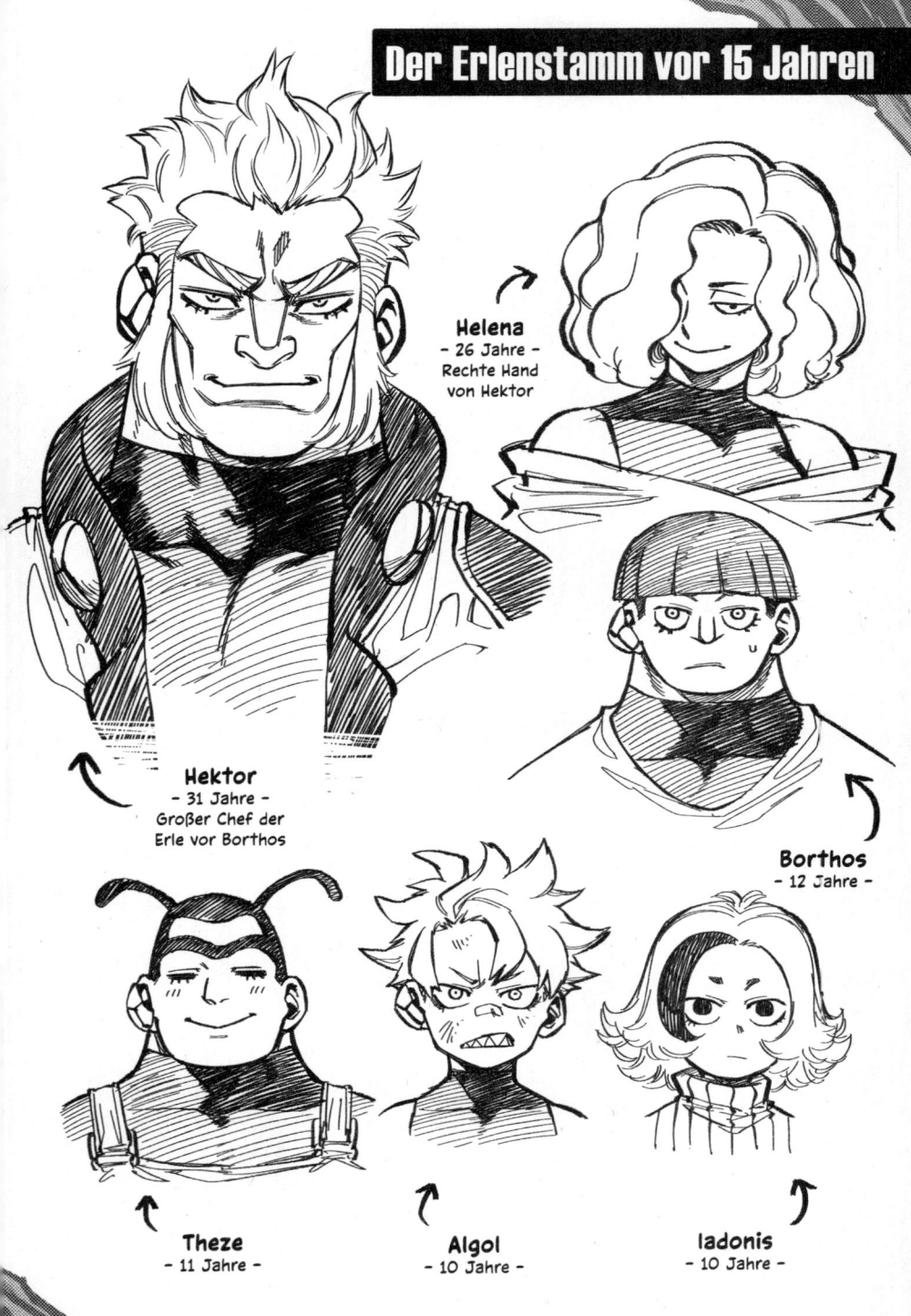

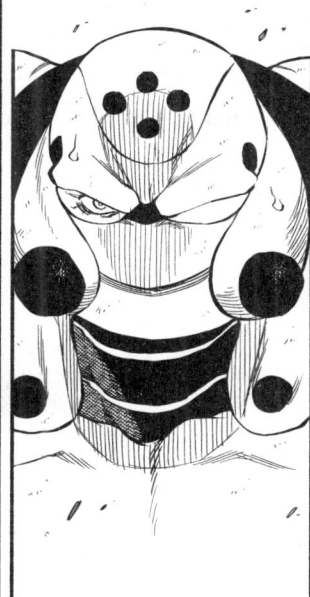

RIPPER 017.

BORN to DIE

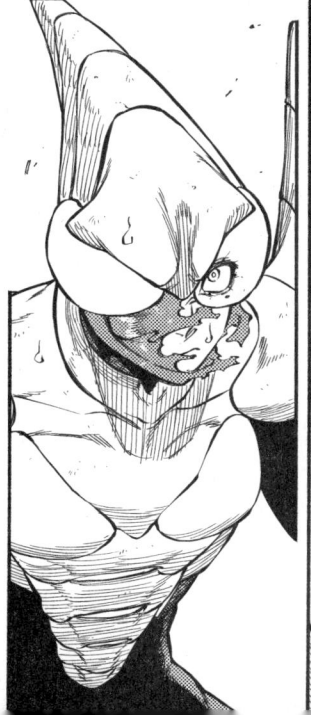

Echoreserve ungenügend.

Es sind zu viele!

Wir müssen kämpfen, um hier wieder rauszukommen.

Wir sind umzingelt.

Es geht kein Weg dran vorbei! Also, nur ein einziges Mal ...

Macht, was ich euch sage!

HFF... HFF...

So ein Wanzenmist!

TAP TAP TAP

Ich habe gesagt: Wir bleiben zusammen!

Den knöpfe ich mir vor!

Wo sind sie?!

Dafür haben wir keine Zeit und ich werde eh nur eine Last sein.

Ich kann mich nicht mal mehr transformieren!

Entschuldige, Nessa, ich habe keine Lust, mir deine »Befehle« anzuhören.

Der Pis Powerkugel...

Jetzt tut mir die linke Seite weh...

Das ist natürlich nur eine Hypothese.

Aber schau dir den mal an, der gerade Lance angegriffen hat.

Ich glaube, wir haben es hier mit frühzeitig gereiften Wendigos zu tun. So imposant sie auch sein mögen.

Sie sind schwach und haben vielleicht auch noch keine speziellen Fähigkeiten.

Zeichen

Ja, okay, zweieinhalb.

Wenn ich mich nicht verzählt habe, sind es etwa fünfzehn.

Und wir sind zu dritt.

Also werden wir es so machen ...

Er scheint diesen Ort zu kennen.

Ich gebe es nur ungern zu, aber wir müssen dem Wendigo folgen, der aussieht wie Black Sphinx.

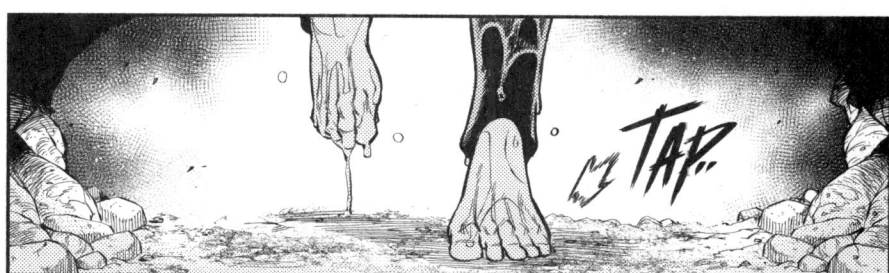

Unglaublich ...

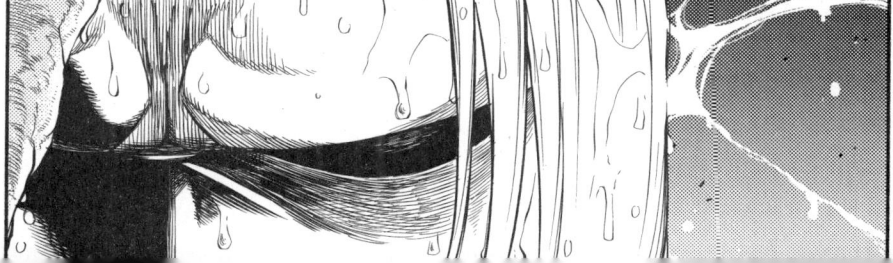

RIPPER

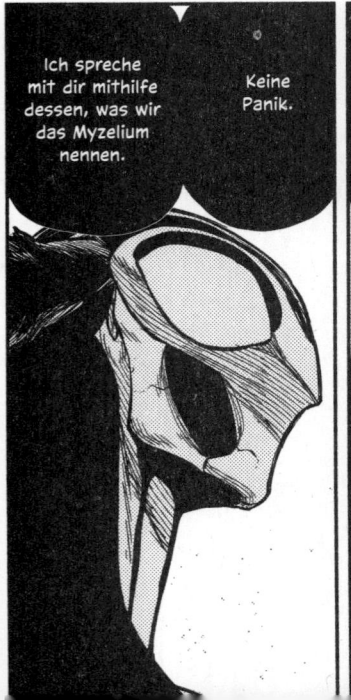

Das wird dein Name sein.

Remiel.

Apfeltarte?

Eliminiere die drei Eindringlinge.

Doch du wirst dich trotzdem beweisen müssen.

Deine Kraft ist unglaublich, Remiel. Du bist einzigartig.

Hinterlasse keine Spur dieses Ortes. Danach schließe dich mir an. Schließe dich uns an.

Du kannst einfach unserer Myzeliumverbindung folgen, um mich wiederzufinden.

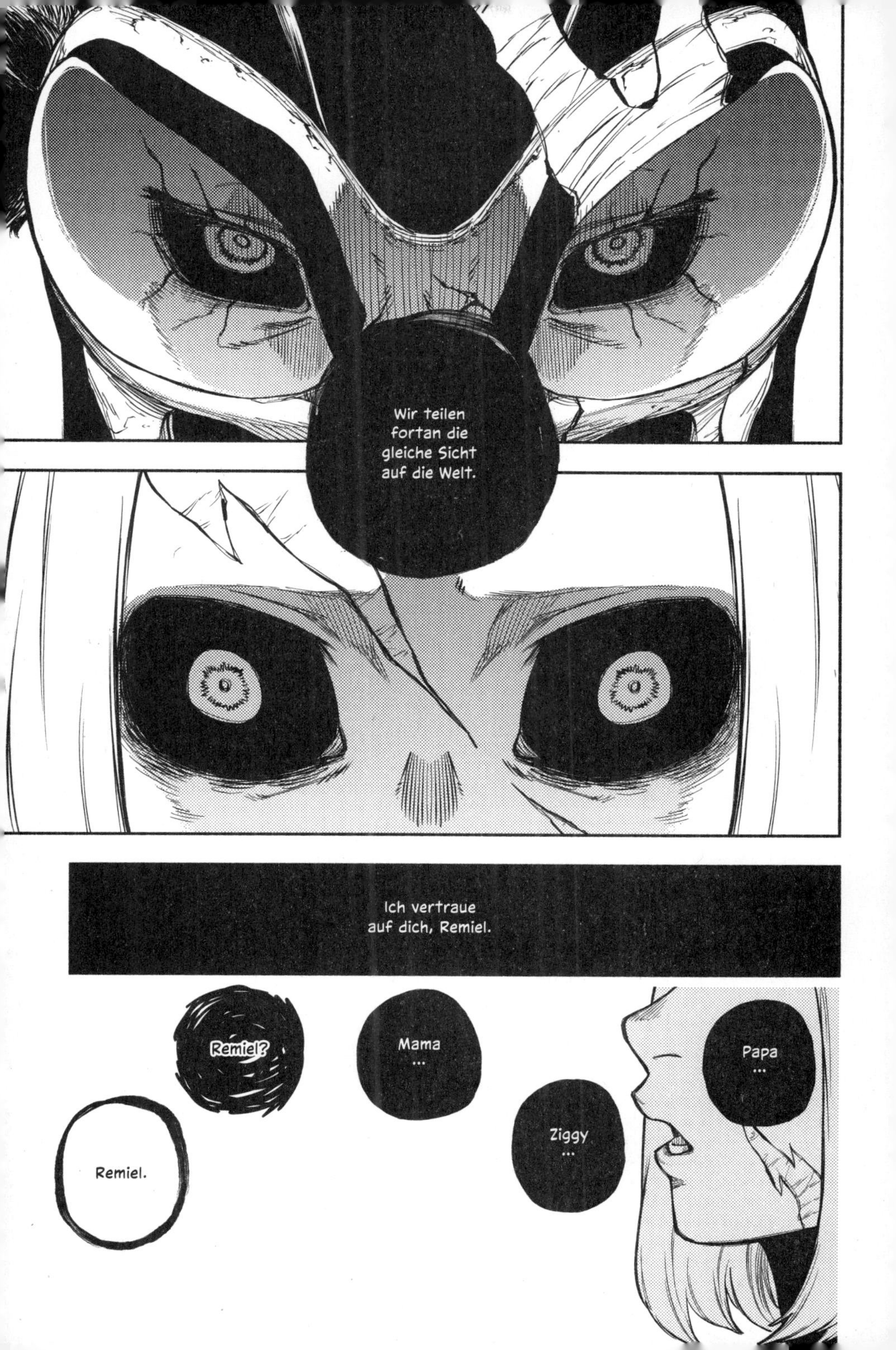

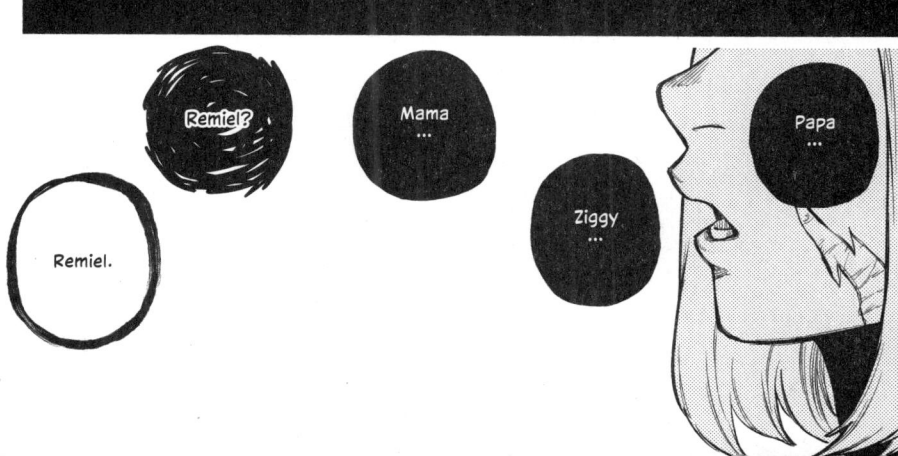

THE SUMMONING
019.

EDDA
— Vertretung der rechten Hand des Birkenstamms —

ALGOL
— Vertreter des Erlenstamms (und der Eiche) —

KLAK

Nehmt eure Plätze ein!

Holz?!

?!

Hier ist kürzlich etwas vorgefallen.

Es gibt Reste eines Echos, das ich nicht kenne.

- Sei nicht so ungeduldig, Percy.

- Madame Percy fordert Antworten!

- Halt den Mund, Antares! Du vergisst, mit wem du sprichst.

- Der Schrein ist verändert worden.

- Ich mag keine Heimlichtuerei. Was ist hier vorgefallen?

- Aber wo steckt der kleine Borthos?

- Das stimmt, das ist noch verdächtiger.

- Ich frag gar nicht erst nach Ivanova und ihren Walküren. Sie sind nie da.

- Doch ich, ich bin da!

- Iadonis...

- Komischer Spitzname...

- Der »kleine« Borthos?

* Er wollte »Ich hab die Nase voll« sagen ...

Ich kann mich nicht mehr transformieren oder Holz herstellen.

Ich muss unbedingt das Team beschützen. Gleichzeitig muss ich aufpassen, nicht die giftigen Gase von diesem Wendigo einzuatmen ...

Die Flügel von diesem Typen haben mein ganzes Echo verbraucht ... Zumindest, wenn es nicht an etwas anderem liegt?

THE SUMMONING
019.

Ich möchte dich nicht angreifen.

Tut mir leid.

Bitte, schau her.

Remiel, richtig?

Ich bin jetzt auch verwundbar.

Oh Mann, warum brennt das immer noch so sehr?

"Von Anfang an machst du nichts, außer zu delegieren ...

... damit du uns nicht mit deinen eigenen Händen töten musst."

"Du hältst mich für einen Trottel, oder?!"

Haaah ...

Haaah ...

"Was würde Billie nur sagen, wenn sie dich so sehen würde, Uriel?"

Nessa und der Pi ...

Wir werden Schwierigkeiten haben zu entkommen.

Kommt der von diesem Black Sphinx?!

Das war noch kräftiger als bei seiner Ankunft.

Der Zuwachs an Echo von vorhin hat kaum noch Effekt und ich schaffe es nicht mehr, meine eigenen Reserven anzuzapfen.

Doch Aufgeben ist keine Option.

Ich werde alle beschützen!

FORTSETZUNG FOLGT ...

Für diesen Band wurde ein Wendigo-Designwettbewerb abgehalten!

Fast alle Beiträge tauchten im 17. Kapitel auf!

Aber hier sind sie noch mal alle im Bonus. Bravo an alle!

Drei haben mich besonders beeindruckt und sind auf einer Doppelseite aufgetaucht. Zusätzlich werden sie langfristig in der Geschichte bleiben!

Alle drei waren von Macarons inspiriert. Ich fand das lustig, die zusammen gewinnen zu lassen.

DER ORGI

— MACARON

BRAZMAT

JOHAN

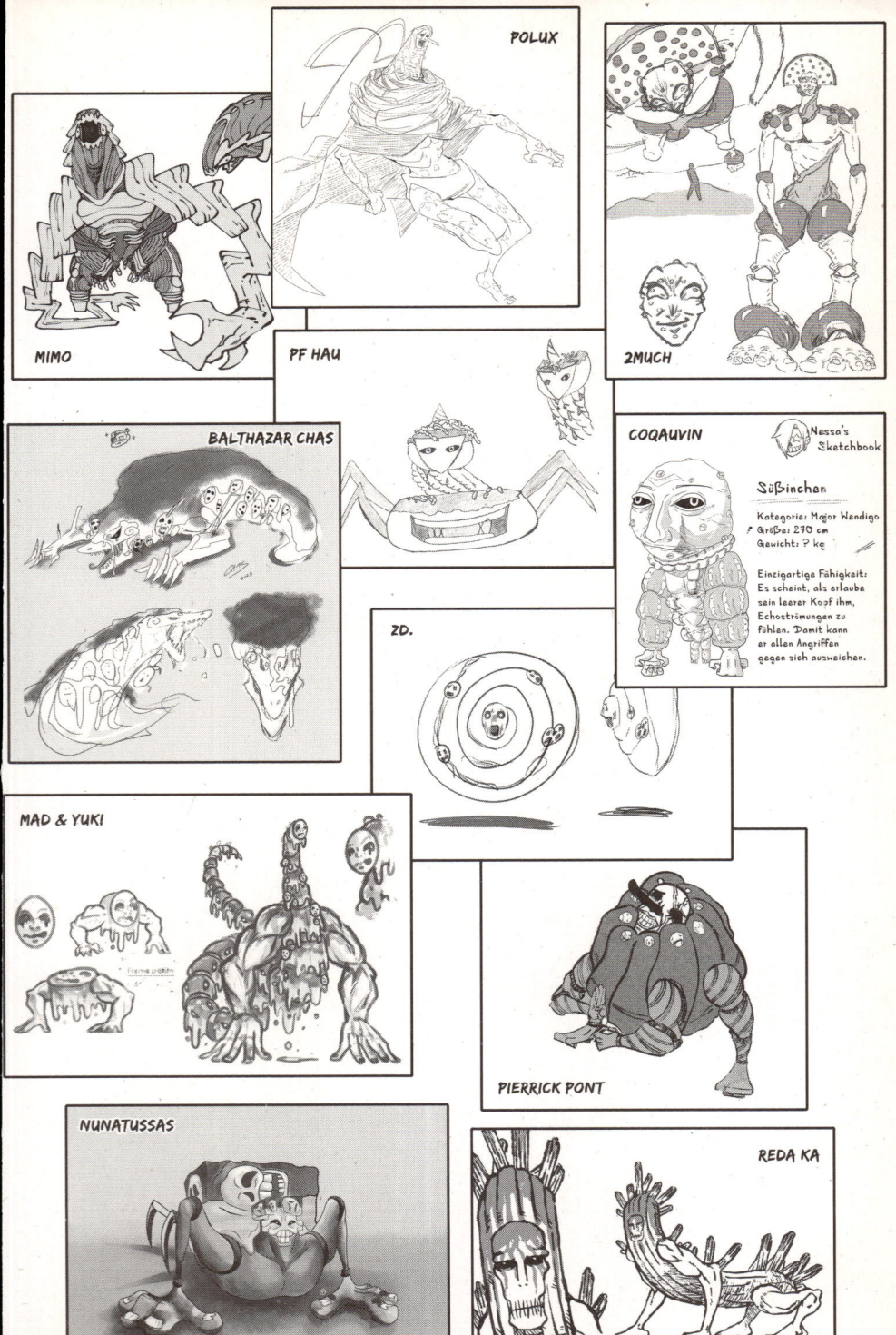

altraverse

Deutsche Ausgabe / German Edition
Altraverse GmbH – Hamburg 2024
Aus dem Französischen von Laura B. Priebe

Ripper 3, by Jeronimo Cejudo
© ANKAMA ÉDITIONS - 2023
All rights reserved

Redaktion: Esther Hornbrook
Herstellung: Katharina Kaven
Lettering: Vibrant Publishing Studio

Druck: Nørhaven A/S, Viborg
Printed in Denmark

Alle deutschen Rechte vorbehalten.
ISBN 978-3-7539-1807-5
1. Auflage 2024

www.altraverse.de